AF588676

Succession de M E. WARNECK

Succession de Mme E. WARNECK

OBJETS D'ART

ET DE

HAUTE CURIOSITÉ

Bronzes Italiens de la Renaissance

CONDITIONS DE LA VENTE

Elle sera faite au comptant.

Les adjudicataires paieront *dix pour cent* en sus des enchères.

L'exposition mettant le public à même de se rendre compte de la nature et de l'état des objets, aucune réclamation ne sera admise une fois l'adjudication prononcée.

Paris. — Imp. Georges Petit, 12, rue Godot-de-Mauroi. — 15315-05

Succession de MME E. WARNECK

CATALOGUE

DES

ET DE

HAUTE CURIOSITÉ

Céramique — Orfèvrerie

OBJETS VARIÉS

BRONZES ITALIENS

DES XVe, XVIe ET XVIIIe SIÈCLES

Dont la vente aura lieu à Paris

Les Mercredi 3 et Jeudi 4 Mai 1905

à 2 heures

COMMISSAIRE-PRISEUR

10, rue Grange-Batelière, 10

EXPERTS

7, rue Saint-Georges, 7 | 19, rue Lafayette, 19

PARTICULIÈRE : *Le Lundi 1er Mai 1905, de 1 heure 1/2 à 5 heures 1/2*
PUBLIQUE : *Le Mardi 2 Mai 1905, de 1 heure 1/2 à 5 heures 1/2*

Entrée par la rue Grange-Batelière.

ORDRE DES VACATIONS

Le Mercredi 3 Mai 1905

Grès, Faïences, Porcelaines	N°s	1 à 18
Orfèvrerie		19 à 31
Bois sculptés		32 à 43
Sculptures		44 à 79
Objets variés, Étoffes		80 à 113

Le Jeudi 4 Mai 1905

Fers	114 à 126
Bronzes	127 à 220

AVANT-PROPOS

EN plein Paris affairé et bruyant, au centre de la fournaise d'activité nerveuse et trépidante, dans ce triangulaire îlot de maisons que limitent, d'un côté, la large avenue de l'Opéra, fleuve torrentiel, et de l'autre la rue de la Paix, étincelante voie triomphale du luxe parisien, il est une maison retirée, d'apparence vétuste, où des ornements fins et délicats encadrent portes et fenêtres de motifs d'une joliesse exquisement surannée. Légèrement en retrait sur la rue des Petits-Champs, elle semble, en son allure de vieille personne discrète et silencieuse, se reculer un peu pour laisser passer les affolés de l'heure présente, se reculer dans du passé, un passé très cher et très doux, au sein de rêves intimes dont le vol silencieux tournoie dans la pénombre de ses voûtes.

Au-dessus du battant de la porte cochère demi rabattu et comme cédant à regret à la brutale poussée du dehors, des lettres d'or ternies portent ces mots gros de souvenirs : Hôtel de Coigny ; et dans le large escalier monumental aux marches cahotantes, à la rampe de fer forgé, le long de laquelle des trottins éveillés, aux frimousses trop pâles de gamines parisiennes, glissent en *courses hâtives, — aux heures où, dans l'antique demeure, tombent les grandes ombres du soir, on voit passer, majestueux, mi-souriants, mi-dédaigneux, les fantômes légers des comtesses et des marquises dont les larges paniers et les robes à ramages emplissaient jadis de si belles attitudes le grand escalier démodé. Successeurs de cet Human, tailleur et poète, qui, après la famille des Coigny, occupa cet hôtel, des modistes s'y sont installées ; mais les modes qu'exige le goût moderne n'ont pu faire évanouir complètement l'ombre de cette Aimée de Coigny, qu'accompagnera malgré tout dans l'avenir, comme elle l'accompagne dans le passé, l'auréole quasi-mystique qu'André Chénier fixa pour jamais au front de la* Jeune Captive.

Aussi semble-t-il tout naturel qu'en un coin de l'antique demeure, qui n'a point pu s'ouvrir complètement à la vie moderne, le passé ait trouvé, pour se loger et se matérialiser en œuvres exquises, un petit domaine privilégié, domaine qui paraît tenir plus du rêve que de la réalité et qui semble le tabernacle précieux où s'est réfugiée l'âme craintive de la vieille maison. Ce coin retiré, discret et silencieux, cet abri affectueux, familial, que les vieilles murailles donnent aux vieilles œuvres, comme gens qui, ayant beaucoup vu, beaucoup vécu, beaucoup souffert, se prêtent appui fraternel contre la méchanceté et l'ignorance des hommes, M. et Mme Warneck l'avaient assuré avec piété et amour, à leur collection, que trente années d'efforts avaient composée des pièces les plus rares, les plus belles, les plus émouvantes.

Et il faut bien avouer qu'il eût été difficile de trouver ensemble plus complet, plus harmonieux, plus magnifique : les âmes mystérieuses des choses, ces âmes fugitives, facilement effarouchables, qui ne se laissent approcher que par les hommes d'imagination, ces âmes légères et chantantes qui habitent les œuvres et qui, plus sensibles encore que les sensibles anémones de mer, ne se laissent saisir qu'à bon escient, avaient trouvé là le repos, le calme, dans lesquels elles aiment à revivre les heures défuntes du passé mort, et aussi ce culte ardent sous la chaude affection duquel elles s'épanouissent en puissante floraison.

Après une existence dont elles seules connaissent les mystérieuses joies et les mystérieuses souffrances, les œuvres multiples qui composaient ce précieux écrin de bijouterie artistique étaient venues une à une se reposer en cette calme demeure. Au cours de voyages nombreux, chacune d'elles avait été adoptée comme une fille chérie par le collectionneur et était venue rejoindre, dans les calmes vitrines, ses sœurs, les œuvres d'époque, d'art, de pensée, d'inspiration, de vision absolument différentes, parfaitement opposées quelquefois. Les grecques, les romaines, les gauloises, les gothiques, les italiennes, les Renaissance, avaient marié leurs muets langages, avaient uni leurs silencieux accords, et de ces vitrines une harmonie somptueuse, riche, profonde, s'élevait comme un hymne de joie à l'éternelle Beauté de la bonne mère Nature, comme un hymne de reconnaissance à l'éternelle Fécondité intellectuelle de la race des hommes.

Les tons étincelants des faïences hispano-moresques, dont les feux dorés semblent refléter éternellement les yeux brûlants des filles de l'Ibérie, se marient aux patines chaudes de ces bronzes maigres et nerveux où l'ardente Florence dépensa si magnifiquement la fougue de ses statuaires ; les molles langueurs de la patricienne Venise habitent ces bronzes aux noires patines qu'ont caressées les brumes légères sorties chaque matin et chaque soir des eaux mates du Grand Canal, et tout le patient, méticuleux génie de l'austère Flandre s'est fixé dans ces bois anguleux et sévères, qu'anime l'esprit des Van Eyck et des Memling.

C'était bien la collection d'art, la collection amoureusement formée pièce à pièce, rangée non suivant de soi-disant méthodes documentaires, mais suivant la leçon éternelle de la Vie, la grande maîtresse et nourrice des arts, qui mélange et combine les choses au gré de sa prodigieuse alchimie, la collection comme la comprenait Edmond de Goncourt, qui ne put admettre pour la sienne la

« tombe froide des musées » *et préféra la savoir, lorsque la mort serait arrivée, partir pièce à pièce comme elle était venue, pour renouveler chez d'autres collectionneurs la joie qu'il avait lui-même éprouvée à l'acquisition de chaque objet.*

Ici aussi, voici que la mort est passée dans l'antique maison surannée, et comme l'a jadis voulu, pour ses collections, le vieux maître d'Auteuil, les œuvres patiemment accumulées, unies en une fraternelle compagnie, vont se séparer à nouveau ; gardant, avec le déchirement de cette séparation, le souvenir des heures heureuses et des heures funèbres vécues ensemble dans le discret hôtel de Coigny, elles vont ajouter ces souvenirs récents aux souvenirs anciens, et, après cette halte hospitalière et douce, éparpiller mélancoliquement les mystères de leur passé vers les mystères de leur avenir.

Georges TOUDOUZE.

Désignation des Objets

GRÈS, FAIENCES, PORCELAINES

1 — Trois cruches variées en ancien grès allemand.

2 — Lot d'azulejos espagnols.

3 — Grand plat rond en ancienne faïence hispano-mauresque à reflets métalliques : ombilic orné d'un oiseau et entouré d'oiseaux et de rinceaux.

Diam., 37 cent.

4 à 7 — Quatre plats en ancienne faïence hispano-mauresque, décor en bleu et à reflets métalliques.

Diam., 4[illegible] cent.

8 — Plat à ombilic en ancienne faïence hispano-mauresque, décor à reflets métalliques : aigle sur l'ombilic.

9 — Plat à ombilic en ancienne faïence hispano-mauresque, décor à reflets métalliques rehaussés de bleu : feuillages.

10 — Plat à ombilic en ancienne faïence hispano-mauresque, à reflets métalliques, décor de feuilles.

Diam., [illegible] cent.

11-12 — Cinq plats variés en ancienne faïence hispano-mauresque.

13 — Cruche en terre vernissée vert et marron. Avignon, XVIIe siècle.

14-15 — Fort lot de carreaux d'ancienne faïence de Delft, décor varié en bleu et en couleurs.

16 — Statuette d'Amphitrite nue, sur un char, en ancienne faïence allemande.

Haut., 30 cent.

17 — Statuette de femme debout, en porcelaine du Japon.

Haut., 32 cent.

18 — Bouteille en ancienne porcelaine de Chine, famille rose, à décor de coqs, oiseaux, rinceaux et carrelages. Monture Louis XVI en bronze doré.

Haut., 29 cent.

ORFÈVRERIE

19 — Monstrance en argent partiellement doré, en forme de petit monument, à fenestrages et contreforts gothiques, sur pied orné de figures de saints. Allemagne, XVIe siècle.

Haut., 45 cent.

20 — Encensoir en argent ajouré, à fenestrages gothiques, XVIe siècle.

Haut., 30 cent.

21 — Cuiller en argent, poignée à torsade, XVIe siècle.

Long., 17 cent.

22 — Médaille en argent : la Crèche en bas-relief. Au revers : inscription allemande, avec la date *1612*. Allemagne, XVIIe siècle.

Diam., 70 millim.

23 — Médaille en argent, à sujets saints. xviie siècle.

Diam., 65 millim.

24 — Cuiller en argent, à poignée surmontée d'une figurine de martyre. xviie siècle.

Long., [illegible] cent.

25 — Coupe ovale à bossages en argent. Allemagne, xviie siècle.

Larg., 26 cent.

26 — Coupe ovale en argent repoussé, à fleurs et feuilles, anses plates. Allemagne. xviie siècle.

Larg., 25 cent.

27-28 — Quatre plaques de forme contournée en argent : prix de tir à l'arc. Hollande, xviie et xviiie siècles.

Haut., 150 millim. et [illegible] millim.

29 — Médaillon ovale en argent ajouré, à fleurs. xviiie siècle.

Grand diam., 7 cent.

30 — Mors de chape en argent, orné d'une figure de sainte Catherine entre deux anges, tenant les attributs de son supplice.

Diam., 10 cent.

31 — Figurine de Minerve debout, en argent, d'après l'antique.

Haut., 12 cent.

32 — Monture de porte-bouquet Louis XVI, en argent ajouré : cartouches et amours.

Haut., 15 cent.

BOIS SCULPTÉS

33 — Triptyque en chêne sculpté, à figures de saints personnages : serment d'un souverain. Fenestrages, gâbles gothiques et armes de France. Époque gothique.

Haut., 63 cent.

34 — Bas-relief en bois ajouré et sculpté, présentant deux grands compartiments, contenant : l'un, le Christ portant sa croix ; l'autre, la Pietà. Le haut de chacun de ces compartiments est occupé par quatre autres sujets tirés de la Vie du Christ. La partie supérieure de la pièce présente le Calvaire. Bordure contournée, composée d'arcatures gothiques. A la base, un cul-de-lampe offrant une armoirie. Travail des bords du Rhin. École de Clèves. Commencement du XVIe siècle.

Haut., 82 cent. ; larg., 55 cent.

35 — Statuette en chêne sculpté de prophète debout, amplement drapé. Travail flamand du commencement du XVIe siècle.

Haut., [illegible]6 cent.

36 — Niche en bois sculpté abritant un groupe : Sainte Anne, la Vierge et l'Enfant Jésus. Commencement du XVIe siècle.

Haut., 1 m. 20.

37 — Grain de chapelet en bois sculpté et ajouré : à l'intérieur, deux sujets saints ; à l'extérieur, des fenestrages. Allemagne, XVIe siècle.

Diam., 50 millim.

38 — Grain de chapelet en bois sculpté, en forme de tête à deux faces, dont une décharnée. Travail allemand, XVIe siècle.

Haut., 50 millim.

39 — Statuette en bois sculpté : évêque debout. Flandres, XVIe siècle.

Haut., 1 m. 10.

40 — Bas-relief en bois sculpté : le Calvaire. Composition de nombreux personnages. Flandres, XVIIe siècle.

Haut., 20 cent., larg., 17 cent.

41 — Figurine en buis : Saint Sébastien. xviie siècle.

Haut., 12 cent.

42 — Petit groupe en buis sculpté : la Vierge debout portant l'Enfant Jésus. xviie siècle.

Haut., 15 cent.

43 — Boîte en forme de soulier surmonté d'un groupe de personnages. xviie siècle.

Haut., 9 cent.

SCULPTURES

44 — Chapiteau en marbre blanc sculpté à feuillages. Époque romane.

Haut., 15 cent.

45 — Buste d'enfant souriant en terre cuite. École florentine. xve siècle.

Haut., 20 cent.

46 — Petit buste en terre cuite peinte : Enfant nu, la tête inclinée vers l'épaule droite. École florentine. xve siècle.

Haut., 12 cent.

47 — Petite tête d'enfant endormi, terre cuite peinte. Italie. xve siècle.

Haut., 10 cent.

48 — Petit groupe en albâtre : la Vierge debout portant l'Enfant Jésus. Flandres, commencement du xvie siècle.

Haut., 22 cent.

49 — Buste d'homme en terre cuite. École florentine. xvie siècle.

Haut., 45 cent.

50 — Fragment de montant en albâtre blanc sculpté en haut-relief et présentant une large feuille, une tête d'amour et un

oiseau. Travail de l'école florentine du xvie siècle. Provenant du tombeau des rois d'Espagne à Poblete.

Haut., 35 cent.; larg. 11 cent.

51 — Haut-relief en stuc peint : la Vierge et l'Enfant Jésus. Florence, xvie siècle. Fond de velours du xve siècle. Cadre en bois sculpté.

Haut., 45 cent.; larg., 35 cent.

52 — Bas-relief rectangulaire en stuc peint, à décor d'amours, de dauphins et de cornes d'abondance. Florence, xvie siècle.

Haut., 20 cent.; larg., 39 cent.

53 — Bas-relief rectangulaire en terre cuite, à grotesques, de style antique. Florence, xvie siècle. Encadré.

Haut., 22 cent.; larg., 40 cent.

54 — Bas-relief rectangulaire en terre cuite : cornes d'abondance de style antique. Italie, xvie siècle.

Haut., 15 cent.; larg., 25 cent.

55 — Deux hauts-reliefs en terre cuite, de forme contournée : figures allégoriques de femmes drapées à l'antique et tenant des palmes. Italie, xvie siècle. Encadrés.

Haut., 34 cent.

56 — Bas-relief en marbre blanc : Diane, nue, étendue auprès d'un cerf. École de Jean Goujon, xvie siècle.

Haut., 14 cent.; larg., 22 cent.

Vente Secrétan.

57 — Statuette en albâtre : Hercule domptant le Taureau de Crète. Italie, xvie siècle.

Haut., 26 cent.

58 — Fragment en terre cuite peinte : statuette de Fleuve étendu. École de Michel-Ange, xvie siècle.

Haut., 27 cent.

59 — Statuette en terre cuite : Neptune étendu tenant le trident. École de Michel-Ange. xvie siècle.

Haut., [illegible] cent.

60 — Statuette en marbre blanc, d'apôtre debout. xvie siècle.

Haut., [illegible] cent.

61 — Buste en marbre blanc, grandeur nature : jeune bacchant souriant. La tête date du xvie siècle.

Haut., [illegible] cent.

62 — Statuette en terre cuite, d'après *Baccio Bandinelli* : Artiste assis et méditant. Italie. xvie siècle.

Haut., [illegible] cent.

63 — Petit buste d'enfant souriant en albâtre. Italie. xvie siècle.

Haut., 2[illegible] cent.

64 — Bas-relief en marbre blanc : la Vierge et l'Enfant Jésus. Inscription latine, armoiries, et date : *1512*. Italie. xvie siècle.

Haut., [illegible] cent.

65 — Statuette d'Hercule enfant étouffant le serpent. Imitation de porphyre. Italie. xvie siècle.

Haut., 2[illegible] cent.

66 — Petit groupe en pâte : la Vierge assise, portant l'Enfant Jésus. Espagne. xviie siècle.

Haut., [illegible] cent.

67 — Buste en marbre blanc, grandeur nature, de personnage portant les cheveux longs. xviie siècle.

Haut., [illegible] cent.

68 — Buste de femme en marbre blanc, grandeur nature, corsage décolleté.

Haut., [illegible] cent.

69 — Modèle de margelle de puits en terre cuite, décor de cariatides et médaillons. Travail italien.

70 — Figurine en terre cuite : Enfant nu assis sur un petit piédestal, la tête levée. Par *Sigisbert Michel 1755*. Signée.

Haut., 17 cent.

71 — Deux statuettes en terre cuite présentant, l'une, un enfant nu tenant une mitre d'évêque et assis sur un motif d'architecture ; l'autre, un enfant portant un faisceau de licteur et s'appuyant également sur un motif d'architecture. Époque Louis XV.

Haut., 27 cent. et [illegible] cent.

72 — Petite tête en terre cuite : Louis XV, par *Lemoyne*. Époque Louis XV. Base en marbre blanc.

Haut., [illegible] millim.

73 — Petit buste en terre cuite peinte : Marie-Antoinette, de *Lecomte*. Époque Louis XVI.

Haut., 17 cent.

74 — Statuette en terre cuite de bacchant vu à mi-jambes et tenant des grappes de raisin. Époque Louis XVI. Socle en marbre et bronze.

Haut., 22 cent.

75 — Fragment de bas-relief en terre cuite : dieu Pan, amour et chèvre. Travail français, XVIIIe siècle.

Haut., 19 cent. ; larg., 20 cent.

76 — Petit buste en marbre blanc de guerrier grec, coiffé d'un casque à l'antique, XVIIIe siècle.

Haut., [illegible] cent.

77 — Fragment en marbre blanc, formé de deux masques de style antique.

Haut., 12 cent.

78 — Haut-relief en terre cuite peinte : Assemblée de prélats écoutant un sermon, d'après *Holbein*.

Haut., 1[illegible] cent.

79 — Buste de fillette en plâtre teinté, d'après *Houdon*. Piédouche en bois noir.

Haut., 42 cent.

OBJETS VARIÉS

80 — Petite chasse en cuivre et émail champlevé, enrichie de verroterie, décor de figures de saints en relief; quadrillés au revers. Limoges, XIIIe siècle.

Haut., [illegible] cent.; larg., [illegible] cent.

81 — Plaque en émail peint de Limoges, XVIe siècle : le Christ devant Pilate. Encadrée.

Haut., [illegible] cent.; larg., [illegible] cent.

82 — Coupe en verre incolore, décor de mascarons dorés. Venise, XVIe siècle.

Haut., [illegible]

83 — Album contenant de nombreuses lettres ornées, provenant de manuscrits de toutes époques depuis la période romane.

84 — Deux feuilles d'antiphonaire, ornées chacune d'une miniature : la Crèche, l'Adoration des Mages. Italie, XVIe siècle.

Haut., [illegible] cent.; larg., [illegible] cent.

85 — Petit diptyque en ivoire sculpté : la Vierge entre deux anges; le Christ crucifié. Avec étui en cuir gravé. France, XIVe siècle.

Haut., [illegible]

86 — Petit fragment en ivoire sculpté : guerriers, de style antique. Italie, XVIe siècle.

Larg., [illegible] cent.

87 — Coffret oblong en ivoire sculpté; couvercle à pans; décor de rinceaux et animaux. Venise, XVIe siècle.

Haut., 12 cent.; larg., 19 cent.

88 — Cavalier de jeu d'échecs en ivoire; il est armé de toutes pièces et son cheval est au pas. XVIe siècle.

Haut., 80 millim.

89 — Figurine en ivoire : Vénus au dauphin, d'après l'antique. XVIIe siècle.

Haut., 14 cent.

90 — Médaillon rond en ivoire sculpté en bas-relief : Faunesse et petit faune, d'après Clodion. Cadre en bois sculpté et doré, à fleurs, de la fin du XVIIIe siècle.

Diam., 14 cent.

91 — Deux figurines en os. Ancien travail italien.

Haut., 10 cent.

92 — Petit buste en jaspe : personnage barbu. Au revers, l'inscription : *Bernardus Rotman Herdooper*. XVIe siècle. Base en jaspe vert sanguin.

Haut., 60 millim.

93 — Médaillon rond, présentant un buste d'homme de profil, en cire rouge sur fond d'ardoise : portrait de Bernard Strozzi, de *Benedetto da Maiano*. Italie, XVe siècle.

Diam., 80 cent.

94 — Cinq pièces : Bas-relief en cire : maquette de monument funéraire, attribuée au Bernin, XVIIe siècle, et quatre médaillons en cire coloriée, sur ardoise : portraits de personnages du XVIe siècle ; école française.

95 — Médaillon contenant un petit bas-relief en cire : buste de femme. Ancien travail allemand.

Diam., 60 millim.

96 — Deux plaques et deux colonnettes en marbre blanc et mosaïque, à motifs géométriques. Rome, XIIe siècle.

Hauteur des colonnettes, 05 cent.

97 — Fragment en cuivre repoussé : la Vierge assise. XIVe siècle.

Haut., 7 cent.

98 — Christ en bronze doré du XVIe siècle, sur croix en cristal de roche.

Haut., 35 cent.

99 — Fontaine en cuivre repoussé, avec couvercle, à décor d'oiseaux et de rinceaux. Venise, xvie siècle.

Haut. [illegible] cent.

100 — Deux séries de poids allemands en bronze du xviie siècle.

101 — Deux pieds de calices en cuivre doré, à figures et pampres, xviie siècle.

Haut. [illegible] cent.

102 — Lampe juive en dinanderie, xviie siècle.

Haut. [illegible]

103 — Petit bas-relief en cuivre : l'Ivresse de Noé. Travail allemand.

Larg. [illegible] mill.

104 — Petite lampe de suspension en cuivre ajouré, à sujet saint. Ancien travail gréco-russe.

Haut. [illegible] cent.

105 — Coffret oblong en pâte, décoré, sur fond doré, de personnages, de rinceaux et de rosaces en blanc et en relief. Italie, xve siècle.

Haut. 22 cent.; larg. [illegible] cent.

106 — Coffret en bois sculpté aux armes de France et des Médicis, xviie siècle.

Haut. [illegible] cent.; larg. [illegible] cent.

107 — Lot de poupées en bois, terre cuite et étoffe, provenant d'une Adoration des Rois mages. Travail italien du xviiie siècle.

108 — Six glands en passementerie d'ancien travail vénitien.

109 — Chasuble en velours ciselé vert sur fond jaune. Italie, xvie siècle.

110 — Quatre pièces pour sièges, en tapisserie d'Aubusson du temps de Louis XVI, animaux et fleurs.

111 à 113 — Lot d'étoffes variées. Sera divisé.

FERS

114 — Bouterolle de fourreau de poignard en fer, à décor de rinceaux dorés, xve siècle.

Haut., 60 millim.

115 — Serrure en fer, à décor de contreforts et fenestrages gothiques, avec figures de saints et armoiries au centre, xve siècle.

Haut., 18 cent.; larg., 10 cent.

116 — Petite plaque en fer doré, contenant deux intailles sur ambre : le Temps et la Fortune, du xvie siècle.

Hauteur des intailles, 23 millim.

117 — Pommeau d'épée en forme de tête de nègre, en fer, xvie siècle. Base en rouge antique.

Haut., 50 millim.

118 — Stylet à poignée de fer ornée de rinceaux argentés, xvie siècle.

Long., 20 cent.

119 — Clé à peigne, à poignée-balustre ajourée, décor d'entrelacs. Fin du xvie siècle.

Haut., 14 cent.

120 — Petit modèle d'armure en fer, avec clous de cuivre. Fin du xvie siècle.

121 — Petit modèle d'armure en fer.

122 — Cadenas avec clé, en fer, partiellement argenté et doré. Italie, xviie siècle.

Haut., 24 cent.

136 11 131

123 — CADENAS de forme longue, en bois et fer, XVIIe siècle.

Long., 21 cent.

124 — FOURCHETTE ornée d'une figurine en fer, poignée en os sculpté, XVIIe siècle.

[illegible]

125 — GARNITURE D'ÂTRE de cinq pièces en fer ciselé et partiellement doré, enrichie de pierreries. Décor de sujets mythologiques : les Travaux d'Hercule, avec rinceaux et rocailles. L'une des pièces du fourreau porte une mouche en ronde-bosse. Époque Louis XV.

126 — FRAGMENT DE MONTURE D'AUMÔNIÈRE en fer ciselé et partiellement doré ; décor de trophées et rinceaux, XVIIIe siècle.

[illegible]

BRONZES

127 — FIGURINE en bronze à patine verte, de personnage debout, coiffé d'un casque à l'antique, vêtu d'une tunique ornée d'un soleil, portant au bras gauche un bouclier et tenant de la main droite une torche. France, époque gothique.

Haut., [illegible] cent.

128 — SONNETTE en métal de cloche, décorée de guirlandes et oiseaux ; poignée en forme de figurine d'enfant nu, jouant du tambourin. Padoue, XVe siècle.

Haut., [illegible] cent.

129 — SONNETTE en métal de cloche, à décor de personnages, médaillons, armoiries et feuillages. Padoue, XVe siècle.

Haut., [illegible]

130 — PETIT GRIFFON en bronze à patine brune, dressé sur les pattes de derrière, les ailes déployées. Padoue, XVe siècle.

Haut., 12 cent.

131 — Lampe en bronze à patine brune, en forme de tête de cheval à laquelle se cramponne un Silène. Pied formé d'une serre d'aigle. Padoue, xve siècle.

Haut., 22 cent.

132 — Statuette en bronze avec traces d'argenture; Persée debout, nu, portant un casque ailé et des talonnières, la main gauche appuyée sur la cuisse, le bras droit levé. Padoue, xve siècle. Base ronde en bronze antique.

Haut., 25 cent.

133 — Statuette en bronze à patine brune : joueur de cymbales, nu, debout, auprès d'un tronc d'arbre. Padoue, xve siècle.

Haut., 20 cent.

134 — Statuette en bronze à patine noire : Saint Jean-Baptiste debout, retenant des deux mains la peau dont il est en partie vêtu. École de Riccio. Padoue, xve siècle.

Haut., 25 cent.

135 — Petit aigle en bronze à patine brune, les ailes déployées. Cire perdue. École de Riccio. Padoue, xve siècle.

Haut., 11 cent.

136 — Lampe en bronze à patine brune, en forme de cygne perché sur un tronc d'arbre. École de Riccio. Padoue, xve siècle.

Haut., 27 cent.

Collection du baron Larrey.

137 — Statuette en bronze à patine verte : Cléopâtre nue, debout, se faisant mordre par l'aspic. Italie, xve siècle. Socle en granit orbiculaire de Corse.

Haut., 26 cent.

138 — Statuette en bronze à patine brune d'enfant nu, debout, le bras gauche levé et dans l'attitude de la marche. Attribuée à *Vicenzo Ghiberti*. Florence, xve siècle.

Haut., 20 cent.

132

139 — Statuette en bronze à patine brune : satyre nu, les bras levés, le pied gauche posé sur une outre. Florence, xve siècle.

Haut., 29 cent.

140 — Statuette en bronze à patine brune : le Tireur d'épine, d'après l'antique. Florence, xve siècle.

Haut., [illegible] cent.

141 — Groupe en bronze à patine brune : Hercule et Antée. Florence, xve siècle.

Haut., 26 cent.

142 — Statuette d'Arion, nu, enlevé par un cheval marin. Bronze à patine noire. Attribuée à *Bertoldo*. Florence, xve siècle.

Haut., 20 cent., larg., 2[illegible] cent.

143 — Statuette en bronze à patine brune : Saint Sébastien. Florence, fin du xve siècle.

Haut., 45 cent.

144 — Lampe en bronze à patine brune, formée d'un Silène, sur pied-balustre se terminant par une triple volute. Florence, fin du xve siècle.

Haut., [illegible] cent.

145 — Encrier triangulaire en bronze à patine brune, décor de palmettes, pieds-griffes. Padoue, fin du xve siècle.

Haut., [illegible] cent.

146 — Plaquette ronde en bronze : le Jugement de Pâris, par *Giovanni delle Corniole*. Commencement du xvie siècle.

Diam., [illegible] millim.

147 — Plaquette rectangulaire en bronze, par *Moderno* : le Calvaire. Italie, commencement du xvie siècle.

Haut., 13[illegible] millim., larg., [illegible] millim.

148 — Figurine en bronze patiné : enfant nu monté sur un cygne, qui cherche à le mordre. Florence, commencement du xvie siècle.

Haut., [illegible] cent.

149 — GROUPE en bronze à patine brune : Enlèvement d'une Sabine, de *Jean de Bologne*. Florence, XVIe siècle. Base en vert antique.

Haut., 55 cent.

150 — MÊME GROUPE, avec variante. Florence, XVIe siècle. Base en porphyre et bronze.

Haut., 55 cent.

151 — STATUETTE en bronze à patine brune : Vénus accroupie, de *Jean de Bologne*. Florence, XVIe siècle.

Haut., 25 cent.

152 — STATUETTE en bronze à patine brune : Mercure volant, de *Jean de Bologne*. Florence, XVIe siècle.

Haut., 55 cent.

153 — STATUETTE en bronze à patine brune : figure allégorique de femme debout sur une sphère, de *Jean de Bologne*. Florence, XVIe siècle.

Haut., 55 cent.

154 — STATUETTE en bronze à patine verte : baigneuse debout, s'essuyant le sein et appuyant le pied gauche sur un socle triangulaire. Florence, XVIe siècle.

Haut., 25 cent.

155 — ENCRIER en bronze à patine brune, porté par trois chevaux marins, et à couvercle surmonté d'une figurine d'amour jouant du luth. Florence, XVIe siècle.

Haut., 15 cent.

156 — FIGURINE en bronze : caricature de Cosme Ier de Médicis, par *Valerio Cioli*. Florence, XVIe siècle.

Haut., 12 cent.

157 — FIGURINE en bronze à patine brune, de jeune triton soufflant dans une conque. Florence, XVIe siècle.

Haut., 12 cent.

en com,

de

158 — Statuette en bronze à patine brune, d'Hercule accroupi. Florence, xvie siècle.

Haut., 19 cent.

159 — Figurine d'écorché debout, le bras gauche levé, en bronze à patine brune. Florence, xvie siècle.

Haut., 2[illegible] cent.

160 — Statuette d'écorché debout, le bras droit levé. Bronze à patine brune. Florence, xvie siècle.

Haut., 24 cent.

N° 160.

161 — Groupe en bronze à patine brune : guerrier nu, armé d'un glaive, la tête laurée, portant un cadavre sur l'épaule gauche. Florence, xvie siècle.

Haut., 26 cent.

Collection Strauss.

162 — Statuette en bronze à patine brune : adolescent nu, grimpant à un pilier. Florence, xvie siècle.

Haut., 16 cent.

163 — Tête de faune souriant, en bronze à patine brune. Florence, xvie siècle.

Haut., 80 millim.

164 — Tête de Silène couronné de pampres. Bronze à patine brune. Florence, xvie siècle.

Haut., 90 millim.

165 — Statuette en bronze à patine brune, travail florentin du xvie siècle : Hercule agenouillé et supportant une coupe en marbre.

Haut., 25 cent.

166 — Statuette en bronze à patine brune : faune debout, tenant de la main gauche une flûte de Pan. Florence, xvie siècle.

Haut., 20 cent.

167 — Statuette en bronze à patine brune : athlète, ayant fait partie d'un groupe de lutteurs. Padoue, xvie siècle.

Haut., 20 cent.

168 — Encrier rond avec couvercle en bronze à patine brune ; pieds-dragons ; sur le couvercle, une chimère. Venise, xvie siècle.

Haut., 15 cent.

169 — Statuette en bronze à patine brune : femme nue, debout, dont les seins servent de fontaines à parfums. Venise, xvie siècle.

Haut., 30 cent.

170 — Deux chenets en bronze à patine brune, composés chacun d'une statuette mythologique, sur base triangulaire, à figure de faune. Venise, xvie siècle.

Haut., 43 cent.

171 — Statuette en bronze à patine brune : enfant nu, debout, jouant du tambourin. Venise, xvie siècle.

Haut., 27 cent.

172 — Encrier triangulaire en bronze à patine brune, surmonté d'une figure de saint Marc, et porté par trois lions. Venise, xvie siècle.

Haut., 28 cent.

173 — Deux marteaux de portes en bronze noir : tritons brandissant des serpents et tenant des sphères. Venise, xvie siècle.

Haut., 17 cent. ; larg., 22 cent.

174 — Statuette en bronze à patine noire : Minerve nue, debout, le bras droit levé, la main gauche s'appuyant sur son bouclier. Venise, xvie siècle.

Haut., 28 cent.

118

175 — Deux statuettes en bronze a patine noire, d'apres l'antique : César nu, debout, la tête laurée. Italie, xvie siecle.

Haut., [illegible] cent.

176 — Figurine en bronze à patine brune : femme nue, étendue, s'arrachant une épine du pied. Italie, xvie siecle.

Haut., [illegible] millim., larg., [illegible] millim.

177 — Fragment en forme de chimère à tête d'homme barbu : bronze à patine brune. Italie, xvie siècle.

Haut., [illegible]

178 — Figurine en bronze d'homme nu, debout, portant la coiffure égyptienne. Italie, xvie siecle.

Haut., 14 cent.

179 — Plaquette ronde en bronze : buste de Constantin. Italie, xvie siècle.

Diam., [illegible]

180 — Figurine en bronze à patine brune : Ceres debout, tenant une gerbe de blé et une serpe. D'apres l'antique. Italie, xvie siècle.

Haut., 12 cent.

181 — Petit buste en bronze à patine brune : guerrier portant l'armure et le casque de style antique. Italie, xvie siècle.

Haut., 12 cent.

182 — Encrier en bronze à patine brune, orné d'une statuette équestre de style antique; base hexagone à pieds-griffes. Italie, xvie siècle.

Haut., 22 cent.

183 — Figurine en bronze : satyre debout, tenant une branche. Italie, xvie siècle.

Haut., 11 cent.

184 — Figurine en bronze, avec traces de dorure : amour assis. Italie, xvie siècle.

Haut., 90 millim.

185 — Petit mascaron, en bronze doré, de satyre grimaçant. Italie, xvie siècle.

Haut., 90 millim.

186 — Statuette en bronze à patine brune : personnage drapé, assis sur un tertre ; base quadrilatérale. Italie, xvie siècle.

Haut., 16 cent.

187 — Statuette en bronze à patine noire : Antinoüs, nu, debout. Italie, xvie siècle.

Haut., 23 cent.

188 — Statuette en bronze à patine brune, de femme debout, appuyée à un tronc d'arbre. Italie, xvie siècle. Socle en rouge antique.

Haut., 15 cent.

189 — Encrier triangulaire en bronze à patine brune, à décor de mascarons : chimères aux angles. Italie, xvie siècle.

Haut., 6 cent.

190 — Figurine en bronze : amour debout sur un cheval, dans l'attitude de la course. D'après l'antique. Italie, xvie siècle.

Haut., 10 cent.

191 — Base d'encrier en bronze à patine brune : figures d'enfants et guirlandes. Italie, xvie siècle.

Haut., 8 cent.

192 — Manche de poignard en bronze vert : travaux d'Hercule, style antique. Italie, xvie siècle.

Haut., 9 cent.

193 — Petit groupe en bronze vert : enlèvement, de style antique. Italie, xvie siècle.

Haut., 12 cent.

194 — Statuette en bronze à patine brune : Saint Jean l'évangéliste debout. Italie, fin du xvie siècle.

Haut., 24 cent.

153 [illegible] 152

195 — Médaille en bronze : buste d'homme. Légende : *Franciscvs Redi Patritivs Aretinvs.* Au revers, bacchanale. Légende : *Canebam.* xviie siècle.

Diam. [illegible] millim.

196 — Figurine en bronze à patine brune : amour nu, debout, s'appuyant sur un écusson armorié. Italie, xviie siècle.

[illegible] 12 cent.

197 — Figurine en bronze à patine brune : empereur romain. Italie, xviie siècle.

Haut. [illegible] cent.

198 — Chandelier en bronze à patine brune : satyre assis, tenant une coquille et le flambeau. Italie, xviie siècle.

Haut. [illegible] cent.

199 — Marteau de porte en bronze, à têtes chimériques. Italie, xviie siècle.

Haut. [illegible] cent.

200 — Statuette en bronze patiné : l'Hercule Farnèse. xviie siècle.

Haut. [illegible] cent.

201 — Statuette équestre en bronze à patine brune : Marc-Aurèle, d'après l'antique. Italie, xviie siècle.

Haut. 24 cent.

202 — Bas-relief en bronze à patine verdâtre : l'Adoration des Mages. Italie, xviie siècle.

Larg. [illegible] cent.

203 — Figurine de Diane assise, en bronze à patine verte. Italie, xviie siècle.

Haut. 9 cent.

204 — Figurine en bronze : Saint Jean-Baptiste debout. xviie siècle. Signée à la base : *Comte de Nogent.*

Haut. 12 cent.

205 — Statuette en bronze à patine brune : Gladiateur combattant, d'après l'antique. xviiie siècle.

Haut., 26 cent.

206 — Taureau en bronze à patine brune, d'après l'antique. xviiie siècle.

Haut., 30 cent.

207 — Deux chenets en bronze doré, formés d'un motif d'architecture sur lequel est disposé : pour l'un, un chien auprès d'une hure de sanglier ; pour l'autre, un chat auprès d'un plat de pâtisserie. Époque Louis XV.

Haut., 31 cent. ; larg., 30 cent.

208 — Deux boutons de portes en bronze ciselé et doré, à rocailles. Époque Louis XV.

Haut., 60 millim.

209 — Deux porte-pelles et pincettes-appliques en bronze doré, à décor de glands de chêne et mufles de lions.

Haut., 15 cent.

210 — Pomme de rampe en bronze à patine brune, en forme de vase enguirlandé de pampres et à anses-cariatides de femmes. Époque Louis XVI. Provenant du château de Saint-Cloud.

Haut., 30 cent.

211 — Deux statuettes en bronze à patine verdâtre : centaures portant chacun un amour. Bases en porphyre et marbre. Fin du xviiie siècle.

Haut., 39 cent.

212 — Statuette en bronze à patine brune : faune dansant, d'après l'antique.

Haut., 22 cent.

213 — Statuette en bronze à patine noire : Vénus Callipyge.

Haut., 35 cent.

140 134 162 137 161

214 — Statuette en bronze à patine noire : Vénus accroupie, de style antique.

Haut., [illegible] cent.

215 — Médaillon rond en bronze : portrait du pape Innocent XI (Odescalchi).

Diam., [illegible] cent.

216 — Flambeau à deux lumières, en forme de statuette de personnage debout. Base ajourée. Bronze.

Haut., 24 cent.

217 — Figurine en bronze peint d'arbalétrier suisse.

[illegible]

218 — Lion passant, de Barye. Bronze à patine verte. Ancienne épreuve. Socle refait.

Haut., 22 cent.

219 — Lionne passant, de Barye. Bronze à patine verte. Ancienne épreuve. Socle refait.

Haut., 21 cent.

220 — Figurine de divinité indienne en bronze.

[illegible]

www.ingramcontent.com/pod-product-compliance
Ingram Content Group UK Ltd.
Pitfield, Milton Keynes, MK11 3LW, UK
UKHW021631260726
13994UKWH00003B/1161